¡A moverse!

Vamos a jugar al básquetbol

Gloria Santos

traducido por Eida de la Vega

ilustrado por
Joel Gennari

PowerKiDS
press.

New York

Published in 2018 by The Rosen Publishing Group, Inc.
29 East 21st Street, New York, NY 10010

Copyright © 2018 by The Rosen Publishing Group, Inc.

First Edition

Translator: Eida de la Vega
Editorial Director: Nathalie Beullens-Maoui
Editor: Rossana Zúñiga
Art Director: Michael Flynn
Book Design: Raúl Rodriguez
Illustrator: Joel Gennari

Cataloging-in-Publication Data

Names: Santos, Gloria, author.
Title: Vamos a jugar al básquetbol / Gloria Santos.
Description: New York : PowerKids Press, [2018] | Series: ¡A moverse! |
  Includes index.
Identifiers: LCCN 2017013190 | ISBN 9781538327005 (pbk. book) | ISBN
  9781538327449 (6 pack) | ISBN 9781508163800 (library bound book)
Subjects: LCSH: Basketball–Juvenile literature.
Classification: LCC GV885.1 .S268 2018 | DDC 796.323–dc23
LC record available at https://lccn.loc.gov/2017013190

Manufactured in the United States of America

CPSIA Compliance Information: Batch #BW18PK. For further information contact Rosen Publishing, New York, New York at 1-800-237-9932

Contenido

Me gusta jugar
al básquetbol.
Es mi deporte favorito.

Mamá y yo vamos al parque
con mis amigos.

Jugamos básquetbol en la cancha.

Nos estiramos para entrar en calor.

Nos pasamos la pelota.

Liza y Cory quieren jugar un partido. Trey estará en mi equipo.

Le paso la pelota a Trey.

La hace rebotar.

Trey tira la pelota.

La pelota rebota contra la canasta.

Cory atrapa la pelota.

Atraviesa rápidamente la cancha en su silla de ruedas.

Liza está sola debajo de la canasta.

18

Le hace señas a Cory para que
le pase la pelota.

Liza lanza la pelota.

¡La pelota entra en la canasta!
¡Eso son dos puntos!

¡El básquetbol es tan divertido!
¡Me encanta jugar básquetbol
con mis amigos!

Palabras que debes aprender

(la) cancha

(la) canasta

(la) silla de ruedas

Índice